KB188244

팽나무가 있는 마을의 풍경

김사달 시집

낮은 곳 서러운 눈물
거기에 내 시가 산다

시인의 말

　연연히 시화연풍만을 기원하며 살아가는 촌부의 일상에서 시집 한 권 묶어내기가 결코 쉬운 일이 아니다. 벼르고 벼르다가 시집 『강촌의 사계』를 낸 후 4년 만에 두 번째 시와 시조를 묶어서 『팽나무가 있는 마을의 풍경』이라는 제목으로 세상에 책을 띄우게 되었다.

　글이란 작자의 손을 떠나면 나의 몫이 아니라는 말, 깊이 새기고 사는 터에 두렵고 송구한 마음 예나 지금이나 변함이 없다. 연치 어느덧 팔 부 능선을 오르고 있어 감성도 영감도 자꾸 시들어 가지만 그래도 한평생 붙들고 살아온 마음의 기둥이기에 남은 날도 놓치지 않고 지팡이로 길을 더듬듯 시와 함께 살아갈 작정이다.

차례

시조 2부

시조 3부

시 1부

시 2부

해설

시조 1부

3월

아직도 처리할 게 곳곳에 남았는가

한쪽엔 꽃이 피어 흥청망청 번지는데

이 아침 예리한 칼날 서릿발이 번쩍인다

오뉴월에도 서리가 온다고 했으니

칠월인들 서리 없다 누가 장담하겠는가

갈 것이 뭉그적대면 가차 없이 치는 게지

가가대소呵呵大笑

뭘 그리 몽땅 사오나니 팔러 갔다 못 팔았단다

뭘 팔러 장에 갔기에 못 팔고 허탕 쳤냐는 물음에 90
객 허 영감님, 뒤따르는 망구望九 할멈을 검지로 가리키
며 하도나 헐값이라 못 팔고 온단다. 어이없는 농담에 뭐
라고 한 마디쯤 쏠 만도 한데 곰배팔 할머니 퍼떡퍼떡 뒤
따르며 식은 웃음 흘리는 품이 인간사 진즉 놔버린 얼굴
이다.

헐값은 매한가지인데 너스레 값이 최고가다

가을 석류

방수 처리 매끄러운
돔형의 모텔이다

귓속말도 빤히 들리는
개방형 원룸이다

한 통 속 한배 새끼들 입 째지게 웃고 있다

갓바위

남으로 흘러와서
칠십 년을 삭혔구나

이름 없이 사라져간
병사의 철모여라

아직도 풀지 못한 매듭을
파도가 와 끌러본다

강변을 가다

흐르는 저 강이
멀다고 하지 마라

너와 함께 가는 동안
거기까지 너의 강이다

너 가고 흐르는 강은
너의 세월 아니다

거울과 까치

무심코 세워놓은
화단 앞 거울 하나

까치 한 마리 날아 와
저하고 뒤잽이다

싸워라 박이 터지게 널 이겨야 높이 난다

걱정은 그때 가서

산중에 들었는데
눈발이 아득하다

내려다본 내리막길
술맛이 떫었다

걱정을 앞세우지 말자 닥치면 다 풀린다

게

모로 가며 바로 간다
추켜세운 저 눈 보게

부글부글 거품 물고
제가 옳다 주장하는

어쩌나 제가 옳다면 무슨 대책 있겠나

겨울 파리

칠까 말까
말까 칠까

밖에는 눈 오는데 저 혼자서 봄날이다

파리를 나비로 보니 세상이 달라진다

겨울맞이
-메주 만들기

햇살도 혜 풀어진 동짓달 그믐께

메 들어 펑펑 찧는 일 이제는 가당찮고 절구질로 으깨는 것도 폐활량이 도리질, 고양이 꼬막을 만지듯 갸웃대는 저녁나절 이 없으면 잇몸이란 말 갈수록 살가운데, 손 대신 발이라니 이 얼마나 기똥찬가, 삶은 콩 비닐 포대에 담아 자근자근 이겨 밟다 오호라 바로 이거다, 스텝 밟듯 전진 후퇴, 후퇴 전진, 보기엔 좀 안됐지만 어깨까지 들썩들썩, 지금부터 예술이다

흰 수건 질끈 동여매니 도공이 따로 없다

고구마 1

넝쿨이 하 무성해 풍작인 줄 알았네

나눌 곳을 손꼽으며 미소 먼저 보냈지

빛 좋은 개살구는 땅속에도 있던 것을

기름기 자르르한 누리에 달콤한 말

다듬고 거두어서 연시 하나 보냈는데

화살로 돌아온 답신 알맹이가 없다네

고구마 2

여든 살 다 돼가니
고구마가 일등 간식

팔뚝을 걷어 올리고
야유 주던 큰 감자

미운 이 메기던 주먹 감자가 내게로 반전이다

고물가 시대

구운 김 한 장에 180원, 사과 한 알에 1만 원

국수 한 그릇 1만 원, 커피 한 잔에 6천 원

고물가 시대를 사는 내 몸값 고물가는 아닐는지

공부하는 뻐꾸기

마을은 비어가도 북망北邙촌은 붐빈다
문패는 뭉개지고 묘비명만 또렷하다
산동네 반장이라면 가방끈도 길어야겠다

대대손손 끌, 정으로 아로새긴 비문이라니
손톱으로 긁어가며 김 영감님 더듬는데
산마루 뻐꾸기 내외가 오독誤讀이라 일러준다

굼벵이

이목구비가 묘연한데 체면인들 있겠느냐

전후좌우 가릴 것 없이 떼를 쓰고 굴러라

안 죽고 남기만 하면 그 말 잊고 살날 있다

귀농

도시 살던 큰아들이
반백 되어 귀농했다

큰물 져도 수통 모르고
가뭄에도 물고 몰라

고부랑 구십객 노모가 놨던 짐을 다시 진다

말이 예뻐 귀촌 귀농
콧노래로 대들지 마라

한두 해 집적거려
가닥 잡힐 일 아니다

강산이 탈바꿈할 때 그때쯤에 알게 된다

기로

편도뿐인 외길 위에 샛길이 있으랴만
해 질 녘 노을 길에서 갈피를 잃고 만다
낙엽도 바람에 날려 연고지로 쏠리는 날

시대의 요람이니 요양원이 길이라 하고
현대판 고려장이니 거기만은 피하라 하고
자식들 골머리 보면 예나 저나 딱 끊고 싶다

모진 게 숨길이라 질기려면 고래 심줄
아들 따라 딸을 좇아 동녘 서녘 떠돌다가
빈방에 홀로 누우니 산과 집이 이웃이네

난코스

돌아보니 굽이굽이
순탄치는 않았다만

용케도 팔 부 능선
휘어 돌아 올랐는데

남은 길 난코스라는 경고문이 나부낀다

팔 부에서 구 부 능선
망구望九에서 졸수卒壽 사이

가파른 이 산 넘은들
하늘에야 닿겠냐만

지기知己의 부음을 받고 남은 길을 뻠질한다

냉정과 온정 사이
-냉온수기

한 동이 물을 이고
애가 타는 냉온수기

온정과 냉정이야 준비된 상비약이지만

그대의 취향을 몰라 오늘도 끓는 가슴

노부부 1
-치매

일곱 시에 열을 치는
때를 놓친 괘종시계

셋을 빼면 맞는다고
거푸거푸 일러준다

일러준 다음 날 아침도 하릴없이 열 시란다

노부부 10
-독거

일찍이 상처하고
아들 내외와 사는 강센

입맛이 거칠어도
터놓고 말 못하고

경로당 점심 반찬에 코다리가 좋더란다

흠잡을 데 하나 없는
바지런한 며느리지만

티격태격 부비다 간
마누라에 비할 건가

변변한 한마디 말도 변죽을 쳐 울린다네

노을 묘비

홍수 겪은 강둑 아래
허씨 성의 묘비 하나

용케도 살아남아
이름 석 자 또렷하다

내게도 웃음 왁자한 그 저녁이 있었다고

누님의 눈물

혼자 앉아 슬픈 누님
못 줘서 우는 누님

아파트 벽에 갇혀
사람 그리워 젖은 누님

여한은 없다면서도 한쪽 비어 아픈 누님

어미 없는 손자 놈
못 놓아서 우는 누님

꼿꼿이 잘 자라서
어미 없다 흠 없는데

놓아도 좋으련마는 못 버리는 애달픈 정

나 일찍 엄니 잃고
절며 절며 자랄 적에

어머니 대신해 준
쏙 빼닮은 어머니

갈 때는 챙긴 짐 속에 정도 함께 싸야지요

시조 2부

눈물

앉았어도 흐르고
누웠어도 흐른다

눈을 떠도 흐르고
눈 감아도 흐른다

아마도 팔십 굽이가 먼지투성이였나 보다

단짝

밥그릇 접근만은 절대이던 집 고양이

은근슬쩍 옆을 터준 단짝 하나가 있다

내게도 곁자리 내어줄 절친 하나 있음 싶다

담뱃대 사랑

조강지처 보낸 갑장
위로할 말 궁색한데

앞질러 긋는 말이
담뱃대 하나 잃은 듯하단다

에두른 해학 같지만 진이 타는 가슴이여

낮밤 없이 물고 빨다
애가 타면 속을 쑤셔

꼭지야 부러져라 질화로를 패더니만

사별도 짐짓 넘어선 담뱃대 사랑인가

대결 구도

열다섯 솜털 소녀 불혹 가수와 대결이다
딸 벌과 어머니뻘이 해외 진출 노래 경연
여기서 패하게 되면 뒤집기가 또 있단다

노래 있어 팍팍한 세상 살만하다 했는데
노래로 씨름 붙이는 상혼이여 물렀거라
지구촌 살육 전쟁이 끊일 날이 없는데

돈과 돌

ㄴ에서 ㄹ 사이에 ㄷ 하나 끼었지만
돈하고 돌 사이엔 생과 사가 달려 있다
돈 돈 돈 안달치 마라 산비탈 돌 굴러온다

동지 팥죽

해 질 녘 오는 눈은
창문마다 설레고

가만히 귀 대이면
노모님 심芯 비비는 소리

오늘은 애기 동짓날 해전에 가야 하리

동질감

커피잔 입술 자리를
파리란 놈 빨고 있다

달콤한 곳 찾아다니긴
파리나 내나 매한가지

파리와 동급이라니 같잖지만 별수 없지

마을

어제도 그 사람 오늘도 그 사람

오늘도 그 얘기
내일도 그렇겠지

그래도 물리지 않는 건 고샅길 소꿉친구

만개

완전하다 섬진강 변 삼십 리 벚꽃길

손볼 것 하나 없다 둥둥 걸린 화폭이여

입 벌려 말이 막혀도 내가 알 바 아니다

모과木果

요리조리 굴려 봐도
봐줄 만한 구석 없다
두루뭉술 본때 없어
홀대받기 제격이다
뭉클한 향마저 없다면 떨려나기 십상이다

아무리 살펴봐도
요령부득 난감하다
짜리 몽땅 짧은 키에
똥배마저 가관이다
올올이 풀려나오는 한 줄 시가 생명이다

젊어서 못 이룬 꿈
중년에나 이뤄볼까
오매불망 흔들리며
비바람을 넘었어라
온 삭신 썩어갈 때쯤 솟구치는 깊은 향을

모래 위 그림

오천 피트 상공에서
개미 세상 내려다본다
비 개인 산모롱이
부산한 저 행렬을
저곳이 팔십일억의 인류가 사는 개미굴

비 오면 비를 맞고
눈이 오면 눈을 맞는
슬프면 눈물짓고
기쁘면 웃음짓는
나약한 하루살이가 노래하고 춤추는 곳

밤낮없는 부풀리기로
천지 분간 못 하다가
동행이 실려 가도
까마득 모르더니
제 덫에 제가 채여서 제 목을 죄이는 곳

무허가 인생

누가 누구에게 허가받아 내 것인가

내 것이라 떵떵거리다 하릴없이 가는 인생

천지는 맹지로 남아 새 임자를 기다리는데

물가다

대충대충 꿰입어도
태가 있어 보였는데

앞 보고 뒤 보고
모로 보며 입어봐도

태란 말 어디 가져다 붙일 데가 없구나

베어링 깨진 소리
무릎 관절 호소해도

오욕칠정 고스란해
시 짓고 글도 쓰는데

무엇이 어긋나기에 허수아비 돼가나

바람 잔 날

바람 자는 겨울 아침 농공단지 제품공장

꼿꼿한 기둥 연기가 하늘 구멍을 들쑤신다

견디다 못한 하늘이 흐늘흐늘 풀어진다

바위

산 깊이 자리 잡은

겹겹 이끼 바위 하나

천년을 골몰해도

마침표 하나인걸

궁리에 궁리를 더해도 하늘 아래 점 하나

번개

번개가 긋고 간 하늘 우레 소리 터지던데

번개 치듯 왔던 시상詩想 감쪽같이 사라졌네

번개를 가두어 두면 명작 하나 터질 텐데

봄물

자목련 음순에 보랏빛 물기 비치고

지새 울던 고양이가 외박이 잦아진 날

코 골던 개울물 소리 봄 나르기에 바쁘다

부엉이가 궁금하다

드는 가마 나는 상여 지켜보던 수호신
동구 밖 노고송이 몇 푼 값에 떠나는 날
부엉인 어느 숲에서 옛 생각에 껌벅일까

깊을수록 깊이 울던 겨울밤 부엉 부우엉
어머니 심청 얘기에 초롱불도 졸았었지
너마저 가고 안 오면 긴 밤을 뉘와 샐까

부지깽이의 사랑

험지를 파고들어 꽃불을 피워내던

뼈끝이 아려와도 눈 질끈 감으시던

어머니 남기고 가신 타다 남은 정 한 토막

삼월 착시錯視

삼월을 봄이라기엔 등골 아직 오싹하다

먼 산에 박힌 눈 쏠아 희끗희끗 들매화

얼비친 꽃 소식으로 함부로 나선 남도길

새 일자리

조조에 출근하는 고샅길에 미니 차

일자리 새로 생겨 오늘이 입사 첫날

섬망증* 구십객 노모 새로 문 연 창업주다

*치매와는 구분되지만 증상은 치매와 비슷한 노년의 병

새벽 기척

이른 새벽 폴짝 뛰는 핸드폰 카톡 소리

요양병원 신세 지는 일가 형님 기침 소리

백 세는 문제 없다는 구십객의 기염氣焰인가

새벽 친구

불 밝히면 날아드는
무늬 예쁜 딱정벌레

펜 끝만 얼씬해도
숨 멈추고 벌렁 눕는

위장의 달인이구나 생명도 위장하는

죽었거니 외면할 때
쏜살같이 도망치는

기회만 노리는
약아빠진 술수라니

지나온 내 길 위에서 유사한 일 없었던가

변변찮은 생이지만
한세월 바장이자니

변색도 하였어라
위장도 하였어라

한 마리 딱정벌레가 지기지우知己之友로 누웠다

새조개

바다에 살면서도 꿈은 항상 새였든가

얼마나 날고 싶으면 머리가 새가 됐나

아직도 날지 못한 꿈 수조에서 혀를 문다

행상의 머리에 앉아 반공중을 날았지

밥 짓는 새벽길을 훠이훠이 돌면서

새처럼 울어댔었지 "새조개 사이소 새조개"

맛보다 추억이 앞에 온 여수항 활어 장에

잠꼬댄 듯 뒤척이는 새조개를 다시 만나

까마득 잊혀져 가는 그 아침을 먹는다

생일 밥

집밥보다 나가 먹는 날이 더 많은 요즘

동네 노인 대여섯 식당에 가 점심을 먹다

오늘이 내 생일이라니 방 안 손님 일동 박수

시조 3부

설야

밤새 등이 시리더니
산등성이 희어졌나

산등성에 눈 쌓이느라
밤새 내 등 시려왔나

산과 나 등과 등이 통하니
필시 무슨 인연 있나 보다

설원

떠난 뒤에 꽉 찬 사랑
어디라고 있을까만

너 가고 이틀 만에
하늘땅이 하나가 됐다

눈 쌓여 맥질 해버린 함께 넘던 에움길

세월이 가면

자정이 고즈넉해 모셔오던 부모님 제사
아직은 초저녁인데 향 사르고 잔 올렸다
이래도 되는 것인지 죄스런 맘 앞선다

고요가 푹 익어야 혼령이 듭신다고
신이 와 젓수실 땐 촛불마저 재워라
공맹에 여며 살다 간 자형 눈썹 매섭다

저녁상에 밥 한 그릇 보태면 된다거니
차례상에 술 한 잔 더 올리면 된다거니
간소화 편의주의에 흔들리는 동방 예의

무덤을 뭉개고 조상님 뼈를 태워
돌확에 가루 내어 수장이나 풍장이라니
사람의 자식 된 도리 저버려도 되는 건지

시인아

가루 내어 따로 챙긴 부부의 항아리

반세 만에 상봉하여 시렁 위에 앉으시다

시인아 어설픈 글자 몇으로 사람을 쓰랴

신동

다섯 살에 시를 지어
임금님 놀래킨 소년

여덟 살에 트롯 불러
만인 울린 신동 소녀

팔십을 먹어치우고 잘하는 게 코골이

쑥부쟁이꽃

발아래 밟힌 것도
살펴보니 별이더라

널브러져 볼품없어도
얼러주면 꽃피더라

낮은 곳 서러운 눈물 거기에 내 시가 산다

쓸쓸 쏠쏠

'남'(타인) 자에 점 하나 지워
'님'이 된다 하던데

쓸쓸함에 점 두 개 올려
쏠쏠하구나

후미져 쓸쓸한 날에 쏠쏠한 시 한 편

알았을까

갈 줄을 알았을까
다 와간 걸 알았을까

망백의 유촌 할매
지난밤에 별이 됐다

이 저것 죄 내놓으며 다 먹으라 했다지

한 치 앞을 모른대도
백 년이면 기별이 오나

한 귀는 저승벽에
한 귀는 가슴벽에

무선의 전화기 걸고 혼자만 들었을까

연기암의 봄

영등날 연기암에 목어가 경을 읽다

더듬더듬 넘기더니 몰아붙여 속독이다

세월이 하 수상하니 풍경風磬마저 다그친다

오타

우리 집 벽시계는
한 시에 두 번을 친다
시간마다 한 번씩을 덤으로 때린다
하나를 접는 버릇이 여기에서 생겨났다

곧이곧대로 믿으면 망신살 맞는 세상
끝머리 몇 개쯤은 접어야 맘 놓는다
준 대로 받아먹어도 속 편할 날 있으려나

이변

소들도 서열 있어
힘센 놈이 앞자리다

약한 놈은 언제나
뒷자리를 못 면해

어느 날 아침 밥상에 1번 자리가 비었다

앞자리 서로서로
양보하는 눈치였어

이틀 가고 사흘 만에
늙은 소가 들어섰다

소들도 경로敬老를 알아 연장자를 우대한다

이슬

타드는 가뭄에도
풀잎에 맺힌 이슬

밤새워 하늘과 땅이
머리 맞대 고심했나

이대로 가다 보며는 남을 것이 없겠다고

일인용 침대

올겨울도 나와 지낼
알뜰한 품이라니

원터치로 조절하는
온정의 품이라니

온돌방 아랫목 그 밤 그리워라 이 삼동

제비

물기름 곱게 빗은
사촌 형수 닮았다

지푸라기 흙 이겨서
총총히 사라진다

단칸 집 흙벽이 무너져 보수공사 하나 보다

좁쌀뱅이꽃

사월 오니 좁쌀뱅이꽃 집성촌을 이룬다

하나 같이 짧은 키는 디엔에이 때문일 터

된바람 피해 오기는 오 척 단신이 더 좋아

주차장

거미가 그물 처논
동구 밖 주차장

바람만 가득 태운
마을버스 휙 지나갔다

그물에 걸린 나비 되어 나 홀로 황당하다

진정한 낙화

바람 자고 비 그친 날

나비인 듯 꿈결인 듯

허공에 악보 쓰며 스러지는 꽃잎들

때 알아 물러나는 건 화사華奢보다 황홀한 것

짧다

한 치만 길었으면
선반의 떡 무난할 걸

목침을 안 밟고도
그 물건 내릴 것을

넘어져 하늘을 보니 내 키가 너무 짧다

세상을 살다 보니
짧은 게 키뿐 아니다

가방끈이 형편없어
이고 다닌 실정이다

꼴불견 보이지 말자 내려 보며 살 일이다

참말로

백운산과 지리산 낀 내 고향 구례에선

"참말로? 참말로!"가 말끝마다 고명이다

속엣것을 감추려 드니 끝끝내 우길 수밖에

밤에는 반란군, 낮에는 순경이 득세

밤손님 밥을 주고 절대 그런 일 없다고

총부리 들이밀어도 굽히면 사지로 갔다

칠십 년 해가 가도 참말로 참말로다

고마워도 참말로 괘씸해도 참말로

끝까지 고백해선 안 되는 내 고향 단심가다

추국秋菊

아리고 쓰라림에
미소 더욱 환해지는

조여오는 사위四圍에
향기 더욱 뭉클한

사군자四君子 중심에 선 너의 뜻을 새긴다

서리 밭에 의젓함이여
험지라서 더 반갑다

지나온 역경 따위는
문제 되지 않는다

난세에 등불을 켜는 그대에게 표 던진다

팽나무 마을

팽나무 마른 가지
빈집 두어 채 걸려있다

간간이 들락이던
까치새끼 안 보인다

저놈들 집안 사정도 출산율 저하인가

칠십 대가 중년인
농촌의 미래인가

죽순도 솟지 않고
대밭은 말라가고

백발이 백발 섬기는 그림 한 장 걸려있다

폭풍전야

하늘도 태풍 전엔 잠시 숨을 멈춘다
대지도 지진 앞에서 잠시 몸을 사린다
어머니 가신 날 밤에 넌 어찌 잠들었나

피감자

아내가 삶은 감자는
하얗게 벗은 감자

내가 삶은 감자는
껍질째 푹 찐 감자

아이들 엄마 감자가 예쁘고 맛 좋단다

보기엔 흙 묻은 듯
거칠고 투박해도

고스란히 마음 담은
피감자가 영양 덩이

잔정은 없다지만 피감자가 애비 마음

하늘공원

이 소풍 끝나는 날
즐거웠다 말했던 시인

지금쯤 하늘공원
구름 타고 노닐까

누구의 작품인지 몰라도 공원 한번 환하다

하지 무렵

모내기 끝난 들녘에 늙은 학이 외롭다

숙인 목 굽은 등이 울 아버지 흡사하다

학이 된 아버지께서 뒷그루를 살피시나

드러난 이랑 위에 제비 한 마리 부산하다

젖은 흙 마른 흙 가리는 품이 울 엄니를 닮았다

못다 준 사랑을 챙겨 울 엄니가 오시려나

한식寒食

물 건너 고 씨 선산 사초 날로 예정한 날

구십객 추 영감님 인부 되어 실려 갔다

갈 차비면 충분한데 올 차비도 챙기는지

한천寒天

겨울 하늘 잔가지에
홍시 몇 알 불을 켰다

때까치 한 마리가
조등을 찍어 보다

부르르 이빨이 시려 두어 발짝 물러선다

화장지

아침 마당 출연자 눈에서 비가 온다

마디마디 서러운 길 물로 녹아 흐른다

진행자 슬쩍 건네는 화장지 두서너 칸

효자

구십오 세 어머니께
백 세까지 사시란다

백 세를 채우시면
천만 원을 드린단다

줬다가 뺏기라더니 제가 도로 가지려고

흙밭

맨발로 무논에 드니
옛집인 듯 포근하다

발등 덮는 연한 흙이
고향인 듯 이무럽다

흙에서 흙으로 간단 말 온몸으로 느낀다

시 1부

가을 산

수천수만의 만나고 헤어짐 끝에
천치들이 저질러 놓은
가을 산의 꽃불이여

잉걸불 물어다가 이 산 저 산 불 지르며
난 죄 없다, 난 죄 없다
산새들의 항변은 그칠 줄 몰라

119는 부르지도 않았는데
꽃불은 아니 벌써 지고 있지 않은가

거미줄 걷고라도

거미가 바리케이드 친
마을 앞 주차장에서
동행할 조문 친구를 기다린다

호형호제 친구 하나
독거로 들어선 날
조강지처도 함께는 못 가는 길이라고
지론을 펴든 죽마고운데, 그 말이
맞아떨어졌다고
머리가 바위처럼 무너져 있겠구나

위로 할 말 궁색하여
앞서거니 뒤서거니 가야 하는 외길에
시린 등 나누어 토닥이며
우리 다 그렇게 가야 하는 길 아니겠나
눈썹에 드리운 거미줄 걷어내면서
내일 아침 해오름을 기다려야 하지 않겠나

걷다

태어나 77년을 걸었으니
기어서 산 3년을 제하고 나면
실히 74년을 걸어온 셈인데
길이 자꾸만 서툴러진다
길이 자꾸 외면한다
세상길 걷는 법을 제대로 익히지 못한 탓일까
함부로 내딛다가 상한 어설픈 보법일까

버둥거리던 3년이 다시 온다면
떨어지며 비상을 배우는 새들처럼
나도 전신에 멍이 들도록 뒹굴어
거침없이 고공을 나는 한 마리 새가 되고 싶다

비틀 비틀 가는 날이 일상이 돼버린 날

격리

아직은 정리하고 싶지는 않아
조금은 격리하기로 했다

지금까지 동행해 온 애장서들을
십자형으로 동이면서
잠시 떨어져 있는 거라고 위로 한다

아예 고물상으로 보내라는 아내의 추궁에
아직은 아니야, 아직은 아니야

하지만 나는 안다

격리 다음에 정리라는 걸
정리 다음에는
바람과 별과 하늘만이 기다리고 있다는 것을

고갈

무슨 말을 얼마나 토했는지
또 한 자루의 볼펜이 찔끔거리고 있다

끊겼다 이어지고
이어지다 끊기고

피가 잘 돌지 않아
헐떡이는 병실의 환우같이
말라가는 시간을 아는지 모르는지
누군가에 간절히 간절히 전하고 싶은

마지막 입놀림

마침표 하나 겨우 찍고
돌아눕는 동체인 것을

곡예사

외줄

외바퀴

직립한 저 간짓대

거미줄 한 가닥 허공에 매고

휘영청 날려가는 거미 한 마리

숙명 같은 거 잊은 지 오래되었다

해조음 같은 박수 소리에 심장을 확인할 뿐이다

발딱거리는 심박동을 소년에게 건네주며

우리는 하나

우리는 이름 없는 새

그리움이 머무는 시간

기다림이 있다는 건
시간이 아직 남아있다는 것
노을이 아직 걸려 있다는 것
오지 못할 사람인 줄 알면서
땅거미 지도록 오솔길을 거니는 건
등불 같은 한 줌 그리움이
살아 있다는 것
그리움이 아직 머물고 있음은
멀리 멀리 세레나데를 띄워도
좋을 시간

기와집

성가대 모여 앉아 찬양예배 올리던
와 송 푸르던 기왓골에
목탁 소리 뚜루루 뚜루루 굴러내린다

집사님도 가시고
장로님도 떠나시고
육모 기둥에 검버섯이 신명기申命記처럼 피던 날
삭발 머리 스님이 세 들어
마하반야바라밀다심경 암자 한 채 되었네

스님 보면 문고리부터 잠그던
염불 소리 들리면 침 먼저 뱉던
장로님 집사님 시방 공양염불 들으시나요
부처님 정좌하여 안방 주인 되셨네요

아무 일 없습니다
큰일 나지 않았습니다
찬송가도 들리고 독경 소리도 들리고
소크라테스도 보이고 공자도 보이고
세상은 덜컹덜컹 변함없이 잘 굴러가고 있습니다

길고양이

야성과 인성의 갈림길에서
결론은 항상 사람의 편에 섰다
날쌘 동작과 가공할 점프력은
한 울타리 안에서 생을 마감하기에는 아쉬움이 컸지만
벅찬 투쟁이 싫어 밥 앞에서 고개를 숙였다
애당초 태생지가 산인지
집에서 산으로 망명했는지는 아는 바 없지만
사람 곁에 거처가 있다는 것이 너무 안온하다
그리하여 더러는 핍박받으면서도
인가를 떠나지 않기로 결심했다
인정이 결코 차가운 것만은 아닌 것을
산전수전 속에서 알게도 되었다
다정한 할머니가 있음은 너무도 큰 행운이었다
어젯밤은 생선 바구니를 넘나드는 쥐새끼를 물고를 내
현관 앞에 진열해 놓았더니
오늘 아침 밥상이 예전과 다름은 물론이고
대우가 급부상된 것도 사실이다
사냥이야 태생적으로 숙련된 본업이지만
가산을 축내는 도둑이 들면 더욱 가차 없이
물고를 낼 참이다

눈雪

소금이 싫다

나를 닮은 흰옷도 싫지만

속에 든 욕심이 더 싫다

무엇이든 제 입맛에 맞추려 드는

내 뜻과는

정반대가 싫다

도청

아내가 잠든 사이
아내의 핸드폰을 열어본다
초등학교 남자 동창생이 보낸 카톡이다
여자 친구가 아닌 것이 서운하다

아직도 그리움이 살아 있는 사이란 말인가
예끼 이 사람, 팔순이 코앞인데!
하지만 자네도 어릴 적 여자 친구와
카톡을 주고받지 않나?

아직도 파릇한 봄이 살아 있으니
이보다 더 한 축복 어디에 있겠는가

살며시 폰을 덮는다
그리움이 오래 갈수록 인생은 아름다운 것일까

뒤

아버지 뒤 보신다
쳐다보면 귀먹는다

물 붓고
갈치 먹으면
부모 죽어도 눈물 안 난다

미영다래 까묵지 마라
문둥이 된다

먼 산을 바라보며 뒤보는 내 엉덩이를
지나는 바람이 집적이며

속이 환히 보이는
은유 시가 아닌가

말총

말을 맞고
말 알이 박혀서
꿍꿍 앓는 자정이 넘은 시간

악담을 쏜 사람은
태평히 잠들었겠지

말총이
권총보다 무섭다는 걸 아는지 모르는지

세상에 어떤 전쟁도
말총보다 먼저 쏜 총은 없다

매인 그네

놀아줄 아이 하나 없는
동구 머리 그네 하나
누군가 허리를 묶어 놓다라니 매버렸다
머리 팬 할머니 혼자 갈 일이 태산인데
하릴없는 그네는 옛일이 그립다
명절이면 찾아오던 서울 아이도 발을 끊고
코로나 때문이니 서운치 말라는 소식,
돌림병이 발 들여 놓은 안길에는
빈 병을 부는 바람 소리뿐
문패들이 서서히 삭아가는 산마을에
고물 장수 갸웃갸웃 고샅길을 맴돌면서
쓸모없는 물건 있으면 내놓으라고 추궁이다

멀티선의 비명

뒤섞여 잠자고 있는 멀티선을 깨운다
길면 긴 대로 짧으면 짧은 대로
제 몫을 다하고 돌아와 누운 것들

단절된 대화를 이어주고
끊어진 사랑도 이어주고
어두운 밤길도 밝혀주었지
껄끄러운 안면을 말끔히 단장해 주기도 하면서
원정의 필수 요원으로 수행도 했었지

어제의 용장들이 오늘은 뒷방지기 신세가 되어
격세지감의 창밖을 내다보며
늙은 멀티선은 비애에 젖는다

두런두런 장수의 늪지대를
건너고 있다

목도장

세월의 때가 저린 목도장 하나
산전수전 견뎌온 이름 석 자에
앙금이 쌓여 까맣게 잊혀간다

대대로 불러주던 애중한 이름
맹서의 끝자리를 듬직하게 지키던
반짝거리던 시절도 있었더란다

행여나 도망갈까 꽁꽁 묶어
쇠를 놓던 시절도 있었더란다

이제는
길가에 버려져도 탐하지 않는
물이 간 목도장 하나
묵은 때를 훅훅 불어
립스틱 듬뿍 묻혀 허드레로 찍어본다

목을 가리세요

사랑스러운 당신의 목이
가련한 애원이 되었네요
희로애락이 타고 넘어간 폐도일까요
꽃뱀의 허물처럼 흔들리는
당신의 주름 앞에서 인생을 웁니다
울려 퍼지던 웨딩마치가
낙화로 지는 계절
황홀한 목에 걸어주던 언약의 목걸이가
주름살로 주렁주렁 매달립니다

무슨 새가 저리

헛웃음 치면서
밤새가 운다
이 밤이 새고 나면 오월도 잠드는데
휘영청 달 밝은 밤
점점이 피로 찍는 저 비곡

가마고 가마고
꺽꺽 울다가

허허허 허허허허
허허허 허허허허
헛웃음 치다가 6월이 눈을 뜬다

무심

섣달 그믐밤 자정
해와 해가 만나서 귀띔하고
손을 놓는 가파른 순간
밝음은 어둠에게
어둠은 밝음에게
무언가 간곡히 부탁하는 모양이다

만나고 헤어짐에 돌이 되어버린
나는 이미 물이거나 바람이거나

그래
우리는
어느 지점 다다르면
길가에 우두커니 선 바위가 되거나
산모퉁이 돌아 나온 강물이 되거나
마른 가지 빠져나온 바람이 되거나

그래
하늘과 땅 사이에 입 꼭 다문
아무거나 일부가 돼가는 거란다

물

물로만 보지 마라
어느 시점 비수가 되리니

비수를 두려워 마라
어느 시점 물이 되리니

얼었다 흐르고 풀렸다 또 어는
사람 사는 일

물신이 없어요

무논에서 일을 할 때
너끈히 발을 감싸주던
물신

크고 작은 문수로
모내기 철 기다리던 슈퍼마켓의 인기 품목

이제는 찾는 사람이 없어
목록에서 지워진 이름이란다

들판에 왜가리 서넛이 모를 심고 있던데
행여 물신이나 신었는지 모르겠다

물을 받으며

조금은 더딜지라도
차분하게 기다려라

들떠서 채워지는 일이
세상에 하나라도 있던가

소나기는 땅속을 파헤치지만
이슬비는 자근자근 풀잎을 기른다

바람 소리

대문을 흔들다가 기척 없으니
담을 넘어와 큰방 문을 흔들흔들
그래도 안 되니 곁방 문을 집적집적
정지문을 달각달각
고방문을 삐걱삐걱

엄마 없는 버짐 소년
혼자 지키는 겨울밤이 안타까워
머리채 치렁한 온 동네 누나들
젖가슴 꽁꽁 동이고 함께 와 자주는 밤
틈새에 낀 소년은 고아가 된 왕자였어
어쩌다 내 손이 가슴에 닿으면
바람처럼 밀어내던 금자 누나의 손
목련 향기도 새어 나왔지

김 나간 기와집을 제 맘대로 휘젓다가
나도 이제 모르겠다며 골목을 빠져나가는 바람 소리
어디선가 새벽닭이 하늘을 열기 시작하고
새벽밥을 짓기 위해 누나들의 머리채는
여명을 가르며 사라지고 있었지

배구공

네 속의 바람은
어제나 원형이다
슈팅을 노리는 너의 꿈은 언제나 도약이다
벽에 부딪혀 돌아올 땐 한 번 더 솟구쳐서
통쾌한 적중으로 박수 소리 요란하다
더러는 경계선 밖에서 실의에 차 있지만
그것으로 승부가 결정 나는 건 아니다
탄탄하고 경쾌한 리듬을 타고
눈부시게 반사할 때
그때가 절정이다

봄 지킴이

누구의 부름으로
홀연히 나와 섰나

동구 밖 둔덕에 선 산수유꽃 한 무더기

치자 물 곱게 들인 제복을 차려입고
세한에 떠난 아들을 기다리는 중인가
웃어도 눈물 나는 어머니의 꽃

마디마디 굳어서 앞뒤 모를 세월인데
무장 무장 짙어가는 모정의 노래

지축이 무너진대도
돌아와 필 기다림의 넋

북어포

우수 지난 어느 봄날
부풀어 퍽퍽한 북어포를 씹는다
씹을수록 눈물겨운 투사의 푸념 같은 것
역사의 갈피마다 익명을 번가르며 사경을 넘어왔지
파도 앞에 대질러선 명태가 되었다가
악머구리 판전 위에선 동태라 부르다가
설한풍 천정에 바동거려 북어가 되었든가
그래도 미진하여
죽어라 두들겨 맞고 너덜이 된 살점으로
이제는 잘금잘금 씹히고 마는구나
더러는 적자생존을 얘기하고
더러는 비굴을 얘기하며 이 산하를 지켜왔지
때로는 열탕에 빠져
영혼마저 국이 되어 속풀이가 되었지만
봄을 만나 풀어헤친 속사정, 들어줄 이 있으니
행운이라 할 거나

시 2부

비 그치고

밤새 내리던 비 그치자
말이 없던 개울물이 이야기꽃 피운다

큰 돌을 만나면 아우성치고
작은 돌을 만나면 소곤소곤

막히면 돌아서 가고
절벽을 만나면 투신을 자청한다

형편 따라 여건 따라
제 길을 가는 것을

어쩌자고 꽃길만 고집하며 여기까지 와
지나온 길 험난했다고 난 눈시울이 젖는가

빈터

가죽나무 한 그루가 사립을 지키고
단감나무 한 주는 부러진 굴뚝을 얌전히 안고 있고
산수유 한 무더기는 뒤꼍에 벌써 결실을 보고 있다
감자밭이 돼버린 몸채는
개울 물소리가 독차지하고
심심해 죽겠다며
나더러 앉으라며 넋두리를 풀어 놓는다
이대로 가다가는
온통 바람과 물의 차지가 되겠다며
가지 말고 함께 놀자고 한다
그리 하마 그리 하마, 달래고 생각하니
나 또한 가다가 멈춘 길손이 아닌가

눈썹달 기울고 은하수 드리우거든
여름밤을 그리워하자
독거가 지치면 빈터가 되고
빈터가 늙으면 하늘이 주인 아니던가

새를 쫓다

서울 사는 어느 시인은
아침마다 베란다의 배식대에
새의 밥을 차린다는데,
시골 사는 농사꾼 시인은
새를 위해 여태껏 밥 한 번 못 주었다

대접은커녕 낱알 한 알 더 물어갈까
줄치고 돌 던지고 우이여 우이여
덕을 세워 아차 하면 압사시키고

그래도 시를 쓰며 산다고
미사여구 찾아서 국어사전 뒤척이다니
새들이란 새들이 다 모여서
쑥덕이는 소리에 밤잠을 설친다

소전머리 국밥집

삼남의 소장수들 걸 직한 농담으로
넘쳐나는 남원장 소전머리
국밥집

술상 놓는 여인이여
혹 그넷줄 밀어내던 그 손 아닌가

나는야 소 팔러 온 소작의 후예
엄지가 푹 빠지게 막걸리나 한 잔 주소

남녘의 골골마다 살구꽃 피는 계절
솟값이 뛰어야
술 인심도 후하다네
이 도령 어사출두는 말짱 헛것이여
장중에 최고가니
오늘 술은 내가 쏜다

숲의 공포

유월의 숲이 깊고 아늑해도
아름다운 안식처만은 아니라는 걸
이름 모를 새 새끼의 간절한 애원을 들으면서
알게 되었다

둥지는 간당거리는 가지 끝에 있고
어미는 한 끼 밥을 위해 먼 길 떠났는데
살쾡이 한 마리가 부단히 점프하고 있다
한 점 고기를 입맛 다시며
주위를 맴돌고 있다

하늘을 보지 못한 어린 목숨이
세상모르고 울부짖고 있을 때
먹이를 물고 온 어미 새가
급박한 현실 앞에 몸 둘 바를 모르는데
입에 물린 지렁이는 끊임없이 의문부호를 쓰고 있다

나 또한 발밑에 나약한 것들을 밟고 서서
닿지 못할 열매에게 두 손을 허우적대고 있나니
만상은 죄 사슬에 묶여 억겁을 생동하는 것이라고
높다란 꼭대기에서 탁목조가 독경 삼매경이다

시인은 새다

하늘을 날며 우는 새
숲에서 우는 새

태양이 슬퍼 우는 새도 있고
비가 좋아 노래하는 새도 있다

저마다 제 처지를
제 목소리로 노래한다

두견새가 까마귀마냥 운다면
굴뚝새가 까치같이 운다면
기가 차고 팔짝 뛸 일 아니겠는가

시인아 너도 너처럼 울어라

여치가 여치마냥 울고
귀뚜라미가
귀뚜라미처럼 우는 것 같이

시인의 아내

밤새워 쓴 시 한 편을
아내에게 읽어준다

무어라 한마디쯤 해주면 좋겠는데
도무지 절벽이다
다시 한번 읽어준다
꽉 닫힌 쇠문이다

너무나 어려웠나
고치고 또 고쳐본다

이윽고 빼꼼히 터지는 한마디

시시하요!

몇 날 몇 밤을 끙끙대도
밥이 되지 못하니 시시할 수밖에

사철 발 벗은 아내가 없었다면
지용芝溶의 「향수」가 어찌 나왔겠는가

아내

세상에서 나와 같이 한방을 제일 많이 쓴 사람
세상에서 두 번째로 따스한 체온을 나눈 사람
밀담을 제일 많이 나눈 사람
그래서 제일 많이 서로를 알아버린 사이
이제는 더 이상 알 것도 물을 것도 없는 처지가 되어
빈 깻단처럼 무너져서 각방을 쓴다
두 손을 휘저으며 꿈속을 헤매다
후다닥 잠이 깨어
떨어져 나간 새끼들에게 카톡을 치며
안도의 한숨으로 파인 곳을 메우는 사람
반백이 넘은 맹물 미역국이 아직도 서운한 사람
제 발 제 발 하나 얻으라는 사람
배추쌈에 양념장을 올려주며
그래도 자기밖에 없다고 눈을 흘기는 사람
깨 골 같은 주름살에 추억을 멀칭하며
헐겁게 살아왔다고 나를 그늘지게 하는
맞은편 사람

아침 단상
-죽竹

변하지 않았구료
대쪽 지조
아궁이 속에서 터지는 불호령이
당신의 충절이라 말하리다
시푸른 흔들림 속
간직해 온 생육신의 혼
혈흔의 시 한 수가 툭
튀는 아침입니다
청령포의 매월 당이 소생하는
여명입니다

알

누구나 알 하나씩 품고 산다
그만그만한 굵기에
무게며 색상이며 알갱이까지도
어슷비슷한데도
바꿔서 지닌 사람은 아무도 없다
한 번 배정 받은 알은 영원한 자기 몫이다
밥을 먹을 때나
똥을 쌀 때나
잠을 잘 때나
심지어 섹스를 할 적에나
알은 수행원처럼 한시도 떨어지지 않는다
아니 어쩜 내가 알의 수행원인지도 모른다
언제나 깨질세라 조바심하며 붙어 다니지만
정작 알이 깨지는 날은 알지 못한다
깨지고 또 생기고
생기면 또 깨지고
오늘도 조강지처 깨진 알을 뒷산 자락에 묻고 오면서
내 탓이라고 내 탓이라고
농 투사니 박 영감, 한숨이 앞산을 친다

어느 오월

고양이가
개구리를 위협하고 있다
발톱을 반만 펴고
집적집적 간담을 녹이고 있다
눈물이 그렁그렁 개구리는 목숨만을 애걸하고

하늘 한 번 쳐다보고 뺨 한번 후리고
뺨 한번 건드리다, 한눈을 팔다가

그때마다 들려오는 지상의 비명 소리

오월 한낮
잔디 부드러운 우리 집 마당이
힘에 논리, 지구촌의 축소판이 되고 있다

어머니의 장갑

남편이 쓰다 버린 장갑
자식들이 휴지통에 버린 장갑
이때부터 어머니의 새 장갑이 몇 켤레 생겼다
돌자갈이 손끝을 대질러도
맨손이 편하다는 어머니의 오월
호미 같은 손으로 깨밭에 시를 쓰는
주제는 오늘도 새끼들이다
새 장갑 한 켤레 낄 만도 한데
손금에 흙이 묻어야 행복한 어머니는
정녕코 대지의 딸인가
몸 한쪽 저리는 것쯤 문지르면 그만이고
가슴 한편이 아려와도 침 삼켜 마감하고
휘어진 검지로 핸드폰 자판을 더듬는다

"오늘은날씨가참좋다!"

엄마는 시인

흙에다 시를 쓰는 여인
가지도 쓰고
깨도 쓰고
강냉이도 쓴다
애독자는 언제나
사랑하는 아들과 딸
장르는 계절마다 바뀌어도
내용은 언제나 못 줘서 안타까움
한 말을 또 하고
고친 말을 또 고쳐도
엄마가 낸 시집은 언제나 베스트셀러다
등단한 지 반백 년이니 원로시인이 맞는데
초심을 잃지 않는 엄마는 오늘도
호미로 시를 쓴다
무언가 틀렸다며 해가 져도 자꾸 고친다

연안부두

손수건 흔들어
바라주던 연안부두가 아니더라

오늘 와 바라보니 씨름판 같더이다
앞 물로 치니 옆 물로 되받고
뒷물을 치니 앞 물이 와서 뒤집어 놓고
산 꼭지로 짓누르니 업어치기로 되넘긴다
거룻배 견디다 못해 모로 벌렁 넘어지다
가까스로 일어나서 깃발을 흔든다

정든 임 보내놓고 훌쩍이던 그 바다가 아니더라
네가 넘어져야 내가 서는
오욕으로 침전되는 역겨운 바다
새우깡 쪼가리를 물고 배회하던 갈매기가
비상사태를 눈치챘는지
내리쏜다 어디론가 사라진다

우리는

우리가 만약 잊지 못하면
갈 수가 있겠는가
구름을 거두고 태양이 나서듯이
서리를 이기고 들국화가 잇속을 보이듯
눈물을 제치고 웃음을 내밀기에 우리가 산다
어제는 재를 넘고 내일은 문을 연다
잊지 못하면 오늘이 있겠는가
떠나면 아프고 만나면 떨리는 것
맥질하며 지나는 강가에 앉아 나를 보아야 하리
상처를 지우며 구름이 강을 닦듯이
우리도 지우며 지우며 살아야 하리

월광 장의사

독소주를 왕 컵으로 몇 잔 켜지 않고는
떠난 육신 단장 할 수가 없다던
염장이 내 친구

하 많은 시신 칠성판 태워 보내고 나니
이제는 산 자나 죽은 자나 별다를 게 없다던
프로 염사가 된 어릴 적 내 친구

마지막 가는 길에 웃돈도 더러 받았다며
천직이니 어쩔 거냐며 거푸 마셨지

천리 객사에도 고향집으로 찾아들던 시대를 넘어
안방에서 죽어도 객방으로 싣고 가는 혜식은 때를 만나
날렵하던 친구의 손, 쓸 곳이 없어졌다

손발을 묶던 손으로
자전거 밧줄을 매며
아직도 맬 것이 남았다며 검붉게 웃는다

읍내 변두리 거미줄 드리운 월광장의사 앞에
구부정한 내 친구 어디론가 떠날 채비 중이다

이쑤시개

도처에 진을 치고 서 있는
창끝이 날카로운 무언의 상비군이여
성찬이 끝나는 자리마다 어김없는 출정이다
답답한 구멍마다 샅샅이 파헤쳐서
산뜻한 웃음으로 일어서게 하여라
소임은 오직 그것뿐
톡 부러져 두 동강이 날지라도
탓하고 원망하지 말 일이다
무수히 대기하는 지원병이 있으므로
너 하나쯤 잘려 나간들 빈자리도 묘연하다
더러는 파견병으로 원정을 가지만
어디 가나 임무는 하나다
쑤시고 파헤치다 꺾어서 버려진다는 것

작업

나는 깻단을 보듬어 나르고
아내는 털고 있다

여기까지 오는 데 실로 백 일이 걸렸다
후들겨 맞고 실토를 하기까지,
그러나 생애의 진수를 쏟기까지는
아직도 파란곡절이 산적하다
피할 수 없는 촘촘한 그물이 있고
체중 미달이면 가차 없이 떨려나고 마는 냉혹한 바람의
현실,
여기서 합격이 아니다
무자비한 수중전에서 살아남아야 하고
벌겋게 닳은 철판 위에서 굴러야 하는 운명을 피할 수 없다
숨 막히는 함정에 갇혀 주리를 틀리고
주르륵 주르륵 피 같은 눈물을 쏟아내며
온몸이 으깨져 돌덩이가 되어서야
생이라는 작업이 종지부를 찍는다

석양이 퍼렇게 내리자
나는 전등을 켜고 참깨를 터는
정맥이 까만 아내의 손등을 바라보았다

장등長燈

섣달그믐날 밤잠을 자면
굼벵이가 되느니라!

눈썹을 뜬다 잠들었지만
설날 아침 고스란히 사람으로 일어났지

밤새워 호롱불 밝히고
뜬눈으로 지새우라는 어머니의 말씀에
굼벵이가 억울하게 불리어 나온 것을
나이도 한참을 커서야 알게 되었지

징용에 간 지아비가 어둠 가르며 올 듯싶고
만 리 밖 떠도는 아들이 싸리문을 밀치고 들 것 같아
지등 내어 걸고 기다리는 어머니 마음

밤을 꼬박 밝혀도
설날 아침 찾아온 건 낯익은 가난뿐인데
이듬해 그믐밤에도
"그믐날 밤잠을 자면 굼벵이가 되느니라"

적묵당寂默堂

끝에다 촉을 달아 마음껏 쏴 올리던
산사의 매미울음이 반공중에 구르는
적 묵 당 비구니 방에 속객으로 마주 앉아
손등에 비친 정맥으로 능금 알을 여미는 여승
속세에 두고 온 눈물을 보았네
가느다란 쑤시개로 과육을 찌르며
끝에 마친 사과 씨의 아픔을 느꼈네
하늘 어린 눈망울에 괜스레 발이 저려
질문을 남겨둔 채 문을 여는 등 뒤에
합장하는 비구니의 그림자
적묵당의 침묵이 두고두고 무거웠네

적산온도積算溫度

재 넘어 사는 친구와
들녘에 사는 친구들이 동갑계를 하는 날
거두절미 들녘 친구 하는 말이
무조건 반으로 접자는 것이다
밑도 끝도 없이 그게 뭔 말이냐는 채근에
적산온도가 절반도 안 되는 홍선이 친구를
개띠로 쳐 줄 수가 없다는 것이다
늦게 떠서 일찍 지는 산중 해를 이름이라
가만히 듣고 있던 재 넘어 친구 하는 말이
온량지수溫量指數, 무상일수無霜日數 모르는바 아니다만
물컹한 나무는 양달쪽에서 큰 나무고
꽝꽝 여문 나무는 응달에서 큰 나무다
보아라! 내 팔뚝을, 설산을 뒤지고 살아도 이만큼 굵었다
세월이 낮으로만 가드냐, 밤에 더 잘 익는다
허공을 휘휘 젓는 팔뚝이 박달나무 몽둥이다
뜨악한 들녘 친구들 폐일언하고 건배를 들잔다

전에 없이

어제는 전에 없이 감나무 가지에 와서
곡진하게 울다 가는 까마귀 한 마리
혹 내게 무슨 전할 말이 있었던 게 아닐까

희소식보다는 비보에 능하다는
검은 옷의 저 하늘나라 집배원

전화 끊겨 문을 따니 식었더라는
지인의 부음을 물고 왔나

어제 날로 둘러앉아 담소하던 술잔인데
잘못된 친구의 밤 소식을 급보로 가져왔나

앞뒤 양옆 둘러봐도
네가 와서 전할만한 문안 자리는 없는데
훠이 훠이 쫓고 보니 등골이 오싹하다
예약 못 할 사람 길에 장담인들 실없는 소리

부라린 눈망울에 신뢰 가는 부리 끝이
두고두고 켕겼는데
가슴이 반짝거리는 까치가 와서
오늘 아침 해 꾸리를 풀어내니 안도의 한숨이다

제고물떡

걷과 속이 하나로 된 떡은 드물다
쌀떡에 팥고물을 묻히거나
쑥떡에 콩고물을 묻히거나

그러나 제고물떡이 나에겐 있다
속도 희고 겉도 흰 제고물떡

명절이면 제고물 떡을 잘 만드는 우리 처형
보자기에 싸다 주는 제비콩 제고물떡

정신없이 먹다 보니
제고물로 늙어가는 여인이 씹힌다

흰 것을 검다 못 하고
검은 것을 희다 못 하는
제 살로 고물을 만드는 제고물떡 인생

지척

몸채에서 행랑인데
문간방이 해방이다

김삿갓의 고시를 쓰며 묵향도 그윽해
주유천하 그 심사가 어렴풋이 눈을 뜬다

바람의 영혼인가
구름의 심산인가

찬찬히 보라기에

자세히 봐야 아름답다기에
세세히 봐야 예쁘다기에
돋보기 쓰고 보니 이런 절망 어디 있나

굵은 주름 가는 주름 뒤엉켜 난마의 얼굴
익어간다는 그 말로 아무리 화장을 해도
늙고 간 세월의 자국 메꿀 수 없네

건성 봐야 예쁘다
얼핏 봐야 아름답다
너도 나도 그렇다

참깨 들깨

참깨 밭머리 들깨밭 있고
들깨 밭머리 참깨밭 있다

깨는 깨인데
'참'과 '들'이 수상하다

옛말로
참眞이란 가풍 있고 맵시 있는 선비의 집안이고
들野은 괄시받고 천대받는 하층민이란 말이렸다

참깨는 클 때부터 기름기가 자르르하고
들깨는 자라면서 부스럭 부스럭 베옷을 비빈다

살아온 과정이야 후일담에 불과 한 것
참기름 들기름을 놓고 담론이 빈번하다
우열을 따질 수 없는 진리가 둘에게 다 있다는 것이다

이때 기름집
여 판사가 나타나
둘 다 한 굴에 넣고 꽈아악 눌러주면
기가 막힌 참들眞野 진액이 흐른단다

찹쌀떡

아버지 손을 잡고
어머니의 병실에 간 날 밤
아버지가 눈길에 나서 사다 주신 눈빛 찹쌀떡
어머니의 신음 소리는 병실 문을 흔드는데
부드럽고 달콤한 그 맛에 빠져버린 철부지
식어가는 손으로 내 손을 잡아주던 엄마의 눈물을
그땐 정말이지 몰랐다
그 시간이 어머니와 마지막 체온을 나눈 밤인 것을
길을 가다 문득 하늘을 보며 알게 되었고
처음 맛본 그 달콤함에
쓰디쓴 나의 길이 열린 것도 알았네
모르핀 주사를 맞고 잠이 드신 창백한 얼굴을
평온이라 생각했던 철없던 내가
훠이훠이 팔십을 다 와서야
그 밤 병실의 찹쌀떡이 고별의 성찬이었음을
가슴으로 여미네

푸른 경외驚畏

억겁의 낱알이 굴러갔을
도정搗精의 검은 동굴에
거미들의 전장田粧은 알뜰하였다

굉음과 진동으로 지고 새는 지구촌
거기 괴도를 잡고 도는 광속의 승강기 속
좀벌레를 노리는 생명의 예리한 눈빛

방관인 듯 초점은 시푸르게 살아
능히 한 생이 되리니
캄캄한 절애에 별을 다는 법
아무도 가르치지 않았고
누구도 가결하지 않았지만

지구가 돌고 있는 한 그 불문율은
총칙의 서문으로 엄존할 것이외다

헛제삿밥

안동인가 어딘가
밥집 메뉴판에 '헛제삿밥'이 있다는
말을 듣고 한참을 웃었다

꾸벅꾸벅 졸던 큰집 제삿날 밤
파제 하고 먹던 그 제삿밥
색소를 금한 갖가지 나물에 참기름 몇 방울,
쓱쓱 비벼 먹던 그 꿀맛을 잊지 못하는 것이겠지

쌀밥은 금밥으로 알던 보릿고개 그 시절
혀에 남은 여운을 입 다시며 집으로 오는 고샅길엔
첫닭이 울었지

산해진미 넘쳐나는 시절에
젯밥이 뭐 그리 대단하랴만
추억을 먹으러 모여드는 것이겠지
일가친척 옹기종기 그 정이 새로워
그리움을 비벼 먹으려 몰려드는 것이겠지

달나라 여행권을 발매하는 시기에
제삿밥을 그리는 우리는 대체
어디서 온 동족인가

혈연

제 코 고는 소리에
화들짝 놀라 깨
생각하니 어려서 듣던 소리

아버지는 오시지 않았다

칫솔질하다가
목에 붙은 가래가 안 떨어져
카 악
그 소리에 놀라 대문간 쳐다본다

형님은 오시지 않았다

형편이 이렇습니다

협동조합 앞마당이
한 해 농사 자재들로 작은 시장입니다
비료며 비닐이며 고추밭 지주들이며

무릎이며 허리며 어깨며 어디 하나 성한 곳 없는
아낙들이 올해의 농사꾼으로 선정되어
수레를 밀고 장을 보러 왔습니다

물 좋고 반듯한 땅은 몇 안 된 젊은이들 넘겨주고
로터리가 박치기하는 땅
신다 버린 버선 짝 같은 다랑이 논밭들만 백발들의 차
지입니다
묵혀둘 수 없어서 평생 주물러야 할 유업입니다
손 떼라는 자식들의 성화가 어둔 귀를 후비지만
눈 뜨고는 못 할 짓이 손 놓는 일입니다

간간이 들려오는 지인들의 별세 소식이
가슴에 틀어박혀 가시가 되지만
오라면 가야 하는 사람 아니냐고 헌 미소를 흘리다가
절뚝이며 수레를 밀고 가는 토박이 농사꾼
등 뒤에서 택배차가 경악을 합니다
노인네가 뭐 하러 나왔냐고 대단한 핀잔입니다

말도 마라 철없는 이것들아
철철이 새로 나는 이 땅의 열매며 푸성귀며
이것들 아니면 택배가 도대체 뭘 먹고 사느냐
한바탕 퍼붓고 가는 할머니가 오늘따라 거룩합니다

후문 슈퍼

줄 서서 기다리던 아이들은
다 어디로 갔나
중앙초등학교 후문 문 닫힌 슈퍼
뽑기 통 두어 개만 실어증에 걸려있다
수신호 아저씨는 어디에 있는지
점멸등 황색 신호만
폴짝폴짝 건널목을 넘는다
칠 반에서 팔 반을 냈다던 그 시절은 어디로 가고
한 반도 열에 미달이라니 폐교가 코앞이다
머잖아 문을 닫을 거라며
아줌마의 눈시울이 어딘가를 헤매고
성시를 이루던 후문 슈퍼에
저녁놀만 붐빈다

후회

그럴 수도 있었는데
저럴 수도 있었는데

쭉정이가 태반인
볏단을 묶으면서

이러지도
저러지도 못하는
가을날을 지나고 있다

피해서 돌아서
아니면 넘어서라도
일어설 수 있는 봄은 정녕코 있었는데

시조로 길어 올린 진리적 깨우침의 공유

손희락(시인·문학평론가)

1. 시조, 토박이 문학

시조는 15세기 한글 창제 이후 글말로 적히고, 노래로 불려졌다. 이후, 근 700년 동안 우리 민족의 삶과 혼을 지켜온 토박이 문학이다. 개화 이후 자유시의 물결이 거세게 몰아치면서 시조의 역할은 축소된 듯했지만, 그 현상은 착시이다. 시조와 현대시는 고유한 영역 안에서 인간을 깨우친다. 한국시단에 시조시인이 드물지만, 쇠퇴하는 상황은 아니다. 시조의 대중화를 위해서 각 문예지가 지면을 할애한다. 현시대 독자는 소네트(sonnet)나 한시의 정형률을 초월한 새로운 리듬, 새로운 시조를 찾지만, 틀과 형식의 변화는 미미하다. 시조의 묘미는 운율이 정해져 있기 때문이다. 운율이 정해져 있는 만큼 표현은 자유롭지 못하다. 김사달의 단시조는 독특한 맛을 낸다. 대칭, 대립으로 병치된 언어가 상호맞섬으로써 독자의 욕구를 충족시킨다. 온갖 감정이 녹아 있는 메시지를 툭 던져 놓고, 독자의 표정을 주시한다.

2. 시조 들여다보기

1) 인간중심, 본성과 내면 추적

시인은 인간의 본성과 본질을 탐구한다. 형이하학적 사물을 관찰하면서도 궁극적 지향은 형이상학으로 향한다. 시조가 인간을 구원할 유일한 기제로 의식한다. 시에서 시조로 재등단한 이유가 여기에 있다. 시조시인의 명찰을 패용한 후엔 열정적으로 작품을 쓴 것 같다.

모로 가며 바로 간다
추켜세운 저 눈 보게

부글부글 거품 물고
제가 옳다 주장하는

어쩌나 제가 옳다면 무슨 대책 있겠나

—「게」 전문

1927년 노벨문학상을 수상한 앙리 베르그송, (Henri Bergson 1859~1941) 은 예술창작의 힘은 직관과 비약에 있다고 말했다. 김사달의 작품 「게」에서 상상적 직관과 상징적 비약이 포착된다. '게'는 모든 인간의 상징이다. 사물의 의미를 축소하면 시인 자신이며 확대하면 우주의 인간 전체를 수용한다. "모로 가면서 바로 간다."는 직관력은 인간의 착각의식이 멸망의 원천임을 깨우친다. 이 시조의 핵심 메시지는 결말에 안착한다. "자기가 옳다고 하면 대책이 없다"는 지적이다. 현시대 인간은 모로 가면서 바로 간다고 착각하는 오류상태에 머물러 있다. 자의식 수정과 방향전환이 어려운 것은 존재의 한계이다. 시는 항상 독자에게 '어떻게 살아야 하는가.'에 대한 질문을 던진다. 생에 대한 본질적인 물음이다. 고로 문장의 묘미는 인간의 구원과 연결된다. 시조는 엄격성의 잣대가 적용되는 문학이다. 언어 남발과 군더더기가 없어 강한 힘을 내포한다. 각 주제엔 메시지가 살아 있는 치유 문학이다. "모로 가며 바로 간다"는 목소리는 정신이 번쩍 들게 한다. "제가 옳다 주장하는" 자의식 오류를 인정하거나 수정하는 출발점이 된다.

칠까 말까
말까 칠까

밖에는 눈 오는데 저 혼자서 봄날이다

파리를 나비로 보니 세상이 달라진다

─「겨울 파리」 전문

이 시조는 기교와 노련미가 돋보인다. "칠까 말까" 첫

수를 뒤집어 나열하면서 독자의 시선을 묶는다. "파리를 나비로 보니 세상이 달라진다"는 메시지는 시의 독자에게 큰 위로를 안겨 준다. 이질적 사물인 파리와 나비를 대조시켜 독자로 하여금 사유하게 한다. 사물의 이면을 탐색하는 일은 매우 중요하다. 시조에 등장한 "겨울 파리"는 혹독한 환경을 극복하는 상징물이다. 비천한 파리에서 화려한 날개를 펴는 나비로도 변신할 수도 있다는 메시지는 희망적이다. 인간은 일평생, 존재 가치의 상승을 위해 몸부림친다. 고로 시인은 탁! 치기보단 나비로 변신케 하고 싶은 시적 욕망을 갖는다. 파리보단 나비의 신분이 더 존귀하기 때문이다.

구운 김 한 장에 180원, 사과 한 알에 1만 원

국수 한 그릇 1만 원, 커피 한 잔에 6천 원

고물가 시대를 사는 내 몸값 고물가는 아닐는지

—「고물가 시대」 전문

화폐 단위의 등장은 고물가를 비판하는 야유와 풍자이다. 서민들의 현실을 바라보는 시인의 눈빛은 상황변화를 기대한다. 이런 풍시조는 입가의 미소로 가볍게 넘길 수도 있겠지만. 시인은 의미 추적을 유도한다. 종장에서

"내 몸값도 고물가는 아닐는지"라는 표현으로 존재적 가치를 인식시킨다. 고물가 음식을 섭취해서 몸값이 비싸졌다는 의미는 아니다. 존재적 가치를 스스로 높이자는 특이한 메시지다. 화자의 과거 시대는 시골 장터에서 '백 원'으로 국수 한 그릇 포식할 수 있었다. 지금은 국수 한 그릇 1만 원 시대이다. 고물가 시대 속에서 질식하지 않는 비결은 자존감 높이기에 있다는 주장이다. 이런 유형의 시조는 존재론적 지평을 확대한다. 인간의 의식구조에 변화를 준다. "구운 김과 사과", "국수와 커피", "물가와 몸값"처럼 상호 맞서게 놓아 대비적 효과를 극대화한다.

  이목구비가 묘연한데 체면인들 있겠느냐

  전후좌우 가릴 것 없이 떼를 쓰고 굴러라

  안 죽고 남기만 하면 그 말 잊고 살날 있다

  ―「굼벵이」 전문

  김사달 시조의 묘미는 예리한 관찰에 있다. 생존을 위한 굼벵이 몸짓 속에 자아 생을 투영한다. 모든 인간의 생존현실이 '굼벵이'와 유사하다는 점이다. 인간이든 사물이든 생존을 위한 몸짓은 처절하다. 생존투쟁에서 낙오하면 도태이다. 현시대는 자살률이 높다. 고귀한 생명들이 햇빛 아래에서 굼벵이처럼 말라 죽는다. 왜 스스로 생을 포기하는가? 외부 환경 탓에, 체면 탓에 기어가고, 구르기를 멈췄기 때문이다. "안 죽고 남기만 하면 그 말 잊고 살날 있다"는 목소리는 예사롭지 않다. 이런 희망적 목소리가 바로 시조의 생명이며 본질이다. "전후좌우 가릴 것 없이 떼를 쓰고 굴러라"는 표현은 인간 생존에 대한 최고의 위로이기도 하지만. 하늘에 은둔한 신의 음성으로도 들린다.

2) 흐르는 시간과 죽음에 대한 운명 묘사

앉았어도 흐르고
누웠어도 흐른다

눈을 떠도 흐르고
눈 감아도 흐른다

아마도 팔십 굽이가 먼지투성이였나 보다

―「눈물」 전문

이 시조는 연령 초월하여 감동을 선물한다. 차분하게 흐르는 눈물 이미지 때문이다. 눈물은 노화의 자연스런 현상이다. 팔십 세월이 흐르면 일상이 온통 눈물에 젖게 됨을 진술한다. 눈물 이미지는 공감을 이끌어내는 시적전략이다. 인간의 세월이 눈물뿐이지만, 눈물 속 크고 작은 기쁨도 분명 있다. 전략적으로 부각시킨 눈물의 의미 추적은 독자의 몫이다. "팔십 굽이"는 시인의 시간만이 아니다. 모든 인간이 욕망하는 시간이다. 먼지 날리는 비포장 길이라도 '팔십 지점'에 닿을 수 있다면 덩실덩실 춤을 춘다. 이 시조는 인생길 행보에 큰 도움이 될 것 같다. 김사달은 생과 시간에 대한 정체성을 인식하고 있어 눈물은 흘려도 슬픔에 수장되지는 않는다. 눈물 속에 내포된 소금기의 맛을 음미하며 즐긴다. 고로 시조미학을 통해서 독자와 공존하려 몸부림친다.

ㄴ에서 ㄹ 사이에 ㄷ 하나 끼었지만
돈하고 돌 사이엔 생과 사가 달려 있다
돈 돈 돈 안달치 마라 산비탈 돌 굴러온다

―「돈과 돌」 전문

이 작품은 물질 초월에 대한 교훈목적으로 쓰였다. 돌과 돈을 대립시킨 기교는 탁월하다. "돈 돈 돈 안달치 마라"는 표현은 진리에 가깝다. "돈과 돌 사이엔 생과 사가 달려" 있지만, 생과 사는 초월할 수 있다는 깨우침이다. 이 시조는 모든 인간의 운명을 수용한다. 가난한 자보단 물질적 풍요를 노래하는 교만한 존재를 겨냥한 작품인지도 모른다. 인간의 거만은 무지가 원천이다. "산비탈 돌"이 구르고 있음을 망각했기 때문이다. "산비탈 돌"은 질병의 고통이나 운명적 죽음을 상징한다. 이 작품에서 감사달의 물질관이 포착된다. 있어도 그만, 없어도 그만, 자족하는 생이다. 자아를 향해 구르고 있는 "산비탈 돌"을 의식하며 살기 때문이다. 돈과 돌은 대립, 대칭으로 놓였지만, 서로 연관성이 있다. 돈의 사용법을 모르거나 기회를 놓치면 귀한 돈이 무용지물이 된다. 돈은 생에서만 효용성이 있다. 사후 공간까지 돈을 이체할 방편은 없다. 모두 빈손으로 떠난다.

누가 누구에게 허가받아 내 것인가

내 것이라 떵떵거리다 하릴없이 가는 인생

천지는 맹지로 남아 새 임자를 기다리는데

―「무허가 인생」 전문

이 시조는 날카로운 질책으로 시작한다. 김사달의 시조는 중용의 위치에서 꾸짖는 질책가락이다. 탐욕적 인간을 향하여 "누가 누구에게 허가를 받았기에 내 것인가" 묻는다. 병든 의식을 치유하기 전, 생채기를 유발시키는 그만의 치유법이다. 결말에서 "천지는 맹지로 남아 새 임자를 기다리"며 깨우친다. 맹지가 무엇인가? 길도 없고. 가치도 없고, 소유자마저 외면하는 황무지 땅이다. 인간의 소유가 '무허가'라는 의식은 종교적 진리이다. 기독교, 불교 등에서는 기본진리로 가르친다. 인간이 세계를 온전히 전유할 수 없기 때문이다. 무허가 인생, 허무한 탐욕, 경기장 멤버의 교체 등 이런 진리를 인식한다면 삶의 지향점은 새롭게 설정된다. 생에서 운명을 수용하는 자세가 중요하다. 고로 김사달의 시조는 운명적 진리를 깨우친다. 종장에서 "천지는 맹지로 남아 새 임자를 기다리는데" 긴 여운으로 마무리된다. 사유에 대한 해답이나 의미 매듭을 딱 지으면, 시조의 품격이 추락하는 법칙을 의식했기 때문이다.

홍수 겪은 강둑 아래
허씨 성의 묘비 하나

용케도 살아남아
이름 석 자 또렷하다

내게도 웃음 왁자한 그 저녁이 있었다고

―「노을 묘비」 전문

시인은 제목 붙이기에도 능하다. 「노을 묘비」는 시적묘사가 탁월한 작품이다. 첫째 수에서 "허씨 성의 묘비 하나"로 표현되었지만, '허씨'는 모든 존재의 대표 격이다. 시인은 인간의 죽음에 집중한다. 시의 독자는 죽음을 망각하려 애쓰지만, 시인은 슬픈 운명을 지속적으로 부각시킨다. 죽음은 생의 궁극적 지점이다. 한 생을 기록한 묘비는 별 의미가 없다. 후손에 의한 기록은 허구일 수도 있고, 업적 자랑으로 채색되기 때문이다. 「노을 묘비」처럼 아름다운 생이 중요하다는 메시지는 존재론적 사유와 고뇌를 선물한다. 김사달의 시조는 추천작품을 선정하지 않아도 무방할 것 같다. 음미에 음미를 거듭하면 누구나 얻어갈 수 있는 생의 진리가 함축되었다. 그러나 독자를 위해서 몇 작품을 추천한다.

「동질감」, 「만개」, 「바위」, 「새벽」, 「기척」, 「생일밥」, 「시인아」, 「신동」, 「연기암의 봄」, 「제비」, 「주차장」, 「팽나무마을」, 「효자」, 「가가대소」 등이다.

3. 시편 들여다보기

1) 소통을 중시하는 시 의식

위에서 시조를 일별하면서 느꼈듯이, 김사달은 독자와의 교감, 소통을 중시한다. 시인은 「걷다」라는 작품에서

77년째 길을 걷고 있음을 독백한다. 그의 생을 구분하면 문단에 데뷔한 전과 후로 양분된다. 등단 이후 근 30년 세월은 운명적 형벌의 시간이다. 사유의 파편을 매만지며, 시를 쓰지 않으면 견딜 수 없었던 고통의 세월이다. 그는 시가 무엇인가? 깊이 고뇌한 것 같다. 독자와 소통을 중시하여 이미지를 짜고 시어를 취택한다.

밤새워 쓴 시 한 편을
아내에게 읽어준다

무어라 한마디쯤 해주면 좋겠는데
도무지 절벽이다
다시 한번 읽어준다
꽉 닫힌 쇠문이다

너무나 어려웠나
고치고 또 고쳐본다

이윽고 빼꼼히 터지는 한마디

시시하요!

몇 날 몇 밤을 끙끙대도
밥이 되지 못하니 시시할 수밖에

사철 발 벗은 아내가 없었다면
지용芝溶의 「향수」가 어찌 나왔겠는가

　—「시인의 아내」 전문

　독일의 문예평론가인 발터 벤야민(Walter Bendix
Schoenflies Benjamin, 1892~1940)은 좋은 글은 세 단계
를 거친다고 역설한 바 있다. 즉 ① 발상과 감각의 음악
단계, ② 언어를 조립하는 건축단계, ③ 문장을 직조하는
직물단계가 그것이다. 첫 연에서 밤새워 시를 썼다고 진
술한다. 언어 조립한 시를 아내에게 읽어 준 후, 반응을
살핀다. 시적미학에 대한 층위 확인 때문이다. 2연에서 아
내의 반응이 "꽉 닫힌 쇠문이다" 표현한다. 화자는 다시
퇴고에 매달려 잠들지 못한다. 고치고 고치는 운명은 시
인의 천형이다. 비틀리고, 어그러진 언어를 정위시켜보지
만, 아내의 평가는 혹독하다. "시시하요!" 툭 내뱉는 그
한마디에 가슴 철렁 내려앉는다. "시시하다"는 의미는 무
엇일까? 언어유희가 배제되어 이해가 쉽다는 뜻일 수도
있다. 김사달은 해독하기 어려운 시를 짓지 않는다. 자아
체험이 내재된 진솔한 시를 쓴다. 아내가 수긍하지 않는
시는 독자에게 내어놓아도 감칠맛이 없을 것이라 의식한
다. 고로 아내를 제1독자로 모시고 산다. 제1독자를 공개
한 이유는 가볍게 쓰인 시가 아니라는 자기 보증 성격이
강하다. "시시하요!" 툭 던지는 그 한마디 조언을 바탕으

로 김사달의 시세계는 점진적으로 깊어진다. 6연에서 "몇 날 밤, 끙끙대는" 충혈된 눈빛이 포착된다. 시 짓기로 고뇌하는 이런 모습이 진짜 시인의 위의가 아닐까 싶다.

2) 운명의 시간을 의식한 행보 —시 짓기

태어나 77년을 걸었으니
기어서 산 3년을 제하고 나면
실히 74년을 걸어온 셈인데
길이 자꾸만 서툴러진다
길이 자꾸 외면한다
세상길 걷는 법을 제대로 익히지 못한 탓일까
함부로 내딛다가 상한 어설픈 보법일까

버둥거리던 3년이 다시 온다면
떨어지며 비상을 배우는 새들처럼
나도 전신에 멍이 들도록 뒹굴어
거침없이 고공비행 한 마리 새가 되고 싶다

비틀 비틀 가는 날이 일상이 돼버린 날

—「걷다」 전문

시인은 인생길 걸으면서 생을 반추한다. 분명 익숙한 길인데, "길이 서툴러진다" 진술한다. 1연 5행에서 "길이 자꾸 외면 한다"는 표현은 심오하다. 길의 포장 재료를 아스콘이나 시멘트로 생각하면 오산이다. 길은 삶과 죽음으로 포장되어 있다. 인간은 그 길 위에서 존재에 관한 진리를 깨우쳐야 한다. 길이 서툴다, 혹은 외면한다는 진정한 의미는 무엇인가? 자기 길을 찾고, 자기 길을 닦아야 한다는 의미이다. 진리적 길을 건설하는 구도자가 되어야 온전한 통섭에 이르기 때문이다. 김사달은 생의 초기. "버둥거리던 3년"처럼 순수의 정신으로 기어간다. 시적 순수성이 오염되지 않도록 세상 향락을 초월한다. 최후의 순간까지 진리를 채굴하다가 한 마리 새처럼 비상하고 싶은 욕망의 소유자다. 이 시는 '길의 정체성'에 대하여 사유토록 유도한다. 자아의 현 위치가 어디쯤인지 확인토록 한다. 생에서 '걷기의 중단'은 예고 없이 엄습한다. 비틀비틀 걷는 시인의 종착지는 무덤이지만, 아직 그 때는 유예되었다. 하늘의 부름을 받는 그 순간까지 시와 동행한다. 깊이 사유한 시는 총체적 이력이며 한 생의 함축이다.

3) 존재론적 층위 확인

세월의 때가 저린 목도장 하나
산전수전 견뎌온 이름 석 자에
앙금이 쌓여 까맣게 잊혀간다

대대로 불러주던 애중한 이름
맹서의 끝자리를 듬직하게 지키던
반짝거리던 시절도 있었더란다

행여나 도망갈까 꽁꽁 묶어
쇠를 놓던 시절도 있었더란다

이제는
길가에 버려져도 탐하지 않는
물이 간 목도장 하나
묵은 때를 훅훅 불어
립스틱 듬뿍 묻혀 허드레로 찍어본다

―「목도장」 전문

4연 13행으로 짜인 시다. 세월의 때가 낀 목도장의 주
인은 '아내'인 것 같다. 2연에서 사랑의 맹서가 언급되고,
3연에서 "행여나 도망갈까 꽁꽁 묶어 쇠를 놓던 / 시절

도 있었더란다." 진술한다. 사랑 깊었던 세월이 표출된 시에서 존재론적 층위가 확인된다. "립스틱 잔뜩 묻혀 허드레로 찍어본다."는 표현은 아직 사랑의 온기가 유지된다는 독백이다. 시인 김사달의 인연은 진행형이다. 손안에 쥔 "목도장"처럼 색깔만 약간 변색되었을 뿐이다. 세월의 묵은 때 끼었지만, 선명하게 찍힐 만큼 화려하다. 시와 시조라는 양대 장르를 오가면서 이름 석 자 새겨진 사랑의 목도장, 쿡 쿡 찍었으니 그는 성공한 존재이다.

아내가 잠든 사이
아내의 핸드폰을 열어본다
초등학교 남자 동창생이 보낸 카톡이다
여자 친구가 아닌 것이 서운하다

아직도 그리움이 살아 있는 사이란 말인가
예끼 이 사람, 팔순이 코앞인데!
하지만 자네도 어릴 적 여자 친구와
카톡을 주고받지 않나?

아직도 파릇한 봄이 살아 있으니
이보다 더 한 축복 어디에 있겠는가

살며시 폰을 덮는다
그리움이 오래 갈수록 인생은 아름다운 것일까

—「도청」 전문

이 시는 부부의 사랑, 그 깊이를 유추하게 한다. 잠든 아내의 핸드폰 문자 메시지를 점검하는 가슴엔 질투의 불꽃이 타오른다. 세월 바람에 식어 미지근하지만, 관심의 눈빛으로 주시하며 산다. 아내의 초등학교 동창생이 보낸 문자는 내용 확인으로 안도하지만, 한 여인의 생을 독점하려는 원초적 욕망은 아름답다. 이 시를 읽는 독자의 입가엔 야릇한 미소가 감돌 것이다. 77년 세월 속에서도 아내는 여전히 매력향기 진동하는 사랑꽃이다. 시의 결론에서 "살며시 폰을 덮는" 눈빛이 어둠 속에서 반짝인다. 행복에 젖은 그 표정은 시를 읽는 독자에게 전이 된다. 시의 독자들도 그 행위에 부분 수긍하거나 동일한 수법을 재현하는 공범들인 때문이다.

4. 마무리

 시와 시조의 경계를 자유롭게 오가는 김사달의 시세계
는 자아체험으로 구축되었다. 문단에 데뷔한 시력(詩歷)으
로 볼 땐 평설이 필요하지 않을 수도 있다. 그러나 독자
와의 소통 공간을 단장하기 위해 비평가에게 작품을 내
어놓았다. 화자의 시편들은 그의 생이며 존재 자체이다.
시의 독자는 이미지 속 언어를 탐색하는 것만으로 77년,
생에 간접 동참한다. 화자는 시인의 말에서 "촌부의 일상
에서 시집 한 권 묶어내기가 결코 쉬운 일이 아니다." 독
백한다. 개인의 체험적 사유를 이 세상에 남기면서 인간
의 영적 허기를 채워주길 기도한다. 『팽나무가 있는 마을
의 풍경』은 언어를 사이에 두고 인연 닿는 독자들과 교
감하는 사유공간이 형성될 것 같다. 숭고한 시인의 책무
를 감당한 그의 메시지 속엔 진리가 내장되어 있다. 연금
술사로 몸부림친 깨달음이다. 시를 읽는 독자와 공유를
기대하며 정독을 권한다.

팽나무가 있는 마을의 풍경

김사달 지음

발행처   도서출판 **청어**
발행인   이영철
영업   이동호
홍보   천성래
기획   육재섭
편집   이설빈
디자인   이수빈 | 김영은
제작이사 공병한
인쇄   두리터

등록   1999년 5월 3일
          (제321-3210000251001999000063호)

1판 1쇄 발행 2024년 10월 15일

주소   서울특별시 서초구 남부순환로 364길 8-15 동일빌딩 2층
대표전화 02-586-0477
팩시밀리 0303-0942-0478
홈페이지 www.chungeobook.com
E-mail   ppi20@hanmail.net

ISBN   979-11-6855-285-2(03810)

본 시집의 구성 및 맞춤법, 띄어쓰기는 작가의 의도에 따랐습니다.
이 책의 저작권은 저자와 도서출판 청어에 있습니다.
무단 전재 및 복제를 금합니다.

이 책은 2024 한국예술인복지재단
예술활동준비금지원사업의 지원을 받아 발간되었습니다.